Liebe Leser:innen,

gefällt Ihnen dieses Buch? – Dann empfehlen Sie es doch weiter! Besprechen und bewerten Sie es in den sozialen Medien oder auf Internet-Buchportalen und Verkaufsplattformen! Und schauen Sie auch mal rein, in den kleinen Buchladen der edition buntehunde im Internet oder bei Instagram! Autor und Verlag freuen sich auf Ihre Meinung!

Die Deutsche Bibliothek verzeichnet diese Publikation in der Deutschen Nationalbibliografie. Detaillierte bibliografische Daten sind im Internet unter http://dnb.ddb.de abrufbar.

3., veränderte Auflage 2023 | © edition buntehunde GdbR | www.editionbuntehunde.de

Satz: www.sneakerberg.de | Printed in Poland

ISBN: 978-3-947727-17-9

Helmut Hoehn

Der Wurstkuchlhund

Ein bunter Bilderbogen
für kleine und große Leute

edition buntehunde

In Regensburg, der Donaustadt,
die ihresgleichen nirgends hat,
da lebte keck und kunterbunt
einst Waldemar, der Wurstkuchlhund.

Die Wurstkuchl zu Regensburg

Überall im ganzen Land
ist die Wurstkuchl bekannt.
Seit Hunderten von Jahren
lockt sie das Volk in Scharen.
Man drängt herbei, von fern und nah,
von Japan bis Amerika.

Denn hier ist rundherum die Luft
gewürzt mit feinem Bratwurstduft,
und es finden Herz und Magen
allergrößtes Wohlbehagen.
Auch erfreuen sich die Blicke
an der alten Steinernen Brücke,
die weit sich über die Donau streckt.
Tief drunten das Wasser die Pfeiler umschleckt,
mal zahm und träge, mal wild und gefährlich,
stets dunkel, mächtig und begehrlich.

Wo Waldemar herkam

Die Mama war vom Obern Wöhrd
und keinem hat sie angehört.
Sie war eine von der Straße,
eine mit 'ner langen Nase,
ging bei vielen ein und aus,
denn sie kannte kein Zuhaus.

Als Waldemar kam auf die Welt,
war es nicht gut um ihn bestellt.
Voll Sorge sah die Mama drein,
sie hörte noch vier andre schrein.
Der Papa war längst abgehauen,
sich anderweitig umzuschauen.
Zuversicht und Trost alleine
fand sie in der alten Scheune,
unter deren schützend Dach
sie sich baute ihr Gemach.

Was Waldemar verdross

Bald wuchs der Waldemar heran
zu einem jungen Hundemann.
Er war von heiterer Natur,
an einer Sache litt er nur.
Als er entschlüpft der Mutter Schoß,
da war er ja noch namenlos.
Lange war ihm dies egal,
bis er plötzlich auf einmal
bemerkte, mit welch straffer Brust,
wie kühn, wie stolz, wie selbstbewusst
jene ihm entgegenkamen,
welche trugen einen Namen:
Wastl, hört er, Poldi, Fiffi,
alle hießen irgendwie
und waren darum irgendwer,
im Verein mit Frau und Herr.
Schmerzlich wurde ihm da klar,
dass ohne Namen er nichts war.
Dies verdross ihn damals sehr,
und er schlich betrübt umher.

Wie Waldemar zur Wurstkuchl kam

Der Donau Ufer war das Land,
das Waldemar als seins empfand.
Ständig war er unterwegs,
oft fand er nur einen Keks,

oft nur einen alten Fisch,
angeschwemmt in ein Gebüsch.
Bald jedoch kam eine Zeit,
in der es nichts gab weit und breit,
und er lenkte seine Schritte
in die Richtung der Stadtmitte.

Original
Regensburger
Rostbratwürste
aus eigener
Herstellung

Er hob die Nase in die Luft,
da wehte ein besondrer Duft,
es roch vom andern Ufer her,
er schnupperte, dann rannte er –
und saß, er wusste selbst nicht wie,
der Wurstkuchl plötzlich vis-a-vis.

Darinnen die Frau Erna stand,
den Bratwurstwender in der Hand.
Sie war beleibt und auch beliebt,
wie's selten eine zweite gibt.

„Ja, da schau her, wer bist denn du?",
so rief dem Hund sie freundlich zu,
und warf ihm eine Bratwurst hin.
„Da hast du was Gescheites, nimm!"

Kaum hatte er die Wurst verschlungen,
war er von Seligkeit durchdrungen,
und ihn durchrieselte ein Beben,
als müsste er gen Himmel schweben.

Dann kehrte er zurück zum Wöhrd,
voll Dankbarkeit, doch auch verstört.

Wie Waldemar zu seinem Namen kam

Frau Erna und Herr Franz, ihr Mann,
die war'n ein treffliches Gespann.
Die Wurstkuchl hatten sie gepachtet,
und weitum waren sie geachtet.

Ihr allergrößter Sonnenschein
das war jedoch ihr Töchterlein.
Franziska wurde sie genannt,
ihr Eigensinn war auch bekannt.
Putzig war sie anzuschaun,
Haar und Augen waren braun.

Den Hund, der immer öfter kam,
sie bald schon in die Arme nahm,
und sie tollten wild umher,
er vorneweg, sie hinterher.
Ja, da wurde ihm erst klar,
wie arm sein Leben bisher war.

Er döste eines Tages träg,
die Sonne oben stand schon schräg.
Franziska spielte hier und da,
kam so dem Ufer ziemlich nah.

„Franziska!“, schallt’ es, „lass das sein!“
Doch die sah nur einen Stein,
und den fand sie einfach toll.
Plötzlich ihr Geschrei erscholl!

Ihr kleiner Freund sprang auf sofort
und war in Windeseile dort,
sah sie vom Flusse fortgetragen
und mit den Armen um sich schlagen,
hörte ihr verzweifelt Schrein
und sprang mit einem Satz hinein.
Er kämpfte sich durchs Wasser vor
und hielt am Kleide sie empor,
und bevor die Kraft ihm schwand,
zog er sicher sie an Land.

Dort standen die Eltern und etliche Leut',
sie klatschten Beifall voller Freud',
der Papa verdrückt' eine Träne geschwind,
die Mama herzte den Hund und das Kind.

Dann eilte der Wurstkuchl man entgegen,
die zwei zu trocknen und zu pflegen.
Frau Erna lud zum Festtagsschmaus,
und frohe Lieder klangen durchs Haus.

Der Retter saß am Ehrenplatz,
den Hals geschmückt mit einem Latz.

Er lachte übers ganze Gesicht,
als vor ihm dampfte sein Lieblingsgericht.

Nachdem er es mit Lust verschlungen,
da war er abermals durchdrungen
von einem leichten Beben,
von einem sanften Schweben,
als hätten Würstl sich und Kraut
zu himmlischem Gemisch verbraut.

Nach vielen Liedern, vielen Scherzen,
folgte Frau Erna ihrem Herzen.
Und sie beriet mit ihrem Mann,
wie man dem Retter danken kann,
bis man beschloss, er werde ihr
Familienmitglied Nummer vier.
Auch sein Name war ihr klar,
er heiße künftig Waldemar,
denn wie er aussah, nahm sie an,
dass er aus dem Walde kam.

Als man ihm brachte diese Kunde,
war er der glücklichste der Hunde.

RATASP

Historische
Wurstküche

Im neuen Heim

Sehr genoss es Waldemar,
wenn er Franziska nahe war.
Oftmals spielten sie zu zwein,
sie warf den Ball, er fing ihn ein,
und jedes Mal, wenn's ihm gelang,
erfreut sie in die Höhe sprang.

Eine ihrer größten Freuden
war, Waldemar fesch anzukleiden.
An jede Pfote kam ein Söckchen
und übers Hinterteil ein Röckchen,
auf den Kopf noch einen Hut,
der stand ihm besonders gut.
Auch Frau Erna lachte viel,
wenn sie zusah diesem Spiel.

Wie Waldemar zum Fliegen kam

Jetzt stolzierte er einher,
jetzt hieß er wie, jetzt war er wer!
Bald schon kannte er sich aus,
als wär er in der Stadt zuhaus.

Ja, es ging ihm wunderbar,
seitdem er hieß der Waldemar.
Der Tisch war allezeit gedeckt,
und immer hat es ihm geschmeckt.
Doch wenn es Bratwürst gab mit Kraut,
dann jaulte er stets hell und laut.
Er konnte es sich nicht erklären,
dann war in ihm dies leise Gären,
dann fühlte er in sich dies Beben,
als müsste er gen Himmel schweben.
Als wieder mal nach solchem Schmausen
er mächtig spürte jenes Brausen,
da hielt er dreimal an die Luft -
und – was bei anderen verpufft,
vermischte sich in seinem Blut
zu einem wahren Zaubersud!

Er sah sich plötzlich leichter werden,
sah plötzlich unter sich die Erden,
sah die Menschen, Häuser, Gassen,
auf einmal unter sich gelassen!

Was war dies für ein Vergnügen,
dahin zu schweben und zu fliegen!

Zu drehen braucht' er nur ein Ohr,
und schon gab er die Richtung vor,
die Pfote braucht' er nur zu schwenken,
und sofort konnte er sich lenken!

Bald war er bei des Domes Spitzen,
und in den Nischen, in den Ritzen,
da hockten die Dohlen, gurrten die Tauben,
die konnten es partout nicht glauben.

„Hallo!", so rief er in die Schar,
„wie geht's? Ich bin der Waldemar!
Ich komm' grad von der Wurstkuchl drunt,
ich bin ein ganz normaler Hund!"

Das hätte er nicht sagen sollen,
denn sie kreischten wie die Tollen,
schwirrten auf und zeigten die Krallen,
und eine ließ auf ihn was fallen.

„Komisch", dacht' er, „auf der Erd'
sind die Dinge umgekehrt.
Unten macht nicht mal ein Spatz,
wenn ich komme, einen Satz!"
Und er schwebte ruhig weiter,
verwundert, doch im Herzen heiter.

Plötzlich aber ward ihm bang,
denn er fragte sich, wie lang
wohl dauert diese luft'ge Reise,
und auf welche Art und Weise
er zurück nach unten fände
und sein Obensein beende.

Doch es löste das Problem
sich wie von selbst und angenehm,
denn nach ein'ger Zeit verloren
Kraut und Wurst die Wirkfaktoren,
und er sank allmählich nieder,
bis ihn die Erde hatte wieder.

Der Handstand-Lucki

Bald wieder wollte er erproben
wie alles aussah von dort oben.

Er glaubte seinen Augen kaum,
denn vor sich sah er einen Clown,
der eilig auf der Dächer Spitzen,
da, wo sonst die Tauben sitzen,
auf seinen beiden Händen lief,
und nur die Mütze saß ihm schief.

Er fragte sich: „Wer kann das sein?"
„Der Handstand-Lucki", fiel ihm ein,
„der lief vom Regensburger Dom
einst auf Händen bis nach Rom."

Der Waldemar flog näher hin
bis zu dem Mann im Clownskostüm.
„Wer bist du?", fragt' er höflich an,
worauf geflüstert er vernahm:
„Ich darf nicht Red' und Antwort stehn,
weil wir grad einen Stummfilm drehn."

Als Waldemar nach unten blickte,
da hörte er, dass etwas klickte.
„Klappe, die achte! Los, Marsch, Marsch!",
rief eine Stimme dazu barsch.

„Bevor ich komme ins Gehege,
zieh' ich doch lieber meiner Wege!",
so dachte er und schwebte weiter,
verwundert, doch im Herzen heiter.

Die Geschichte mit Ado

Ado war ein Mieser,
ein ganz ein Feister, Fieser,
zu verbreiten Zwist und Hass,
das bereitete ihm Spaß,
je ärger Kummer und Verdruss,
desto größer sein Genuss.
Ado war vom Metzger Brand,
er war schlimm und stadtbekannt,
braun war er und bärenstark,
und er trieb es wirklich arg.

Oftmals saß er hinter Mauern,
nur um andern aufzulauern,
um sie dann ins Ohr zu beißen
oder Haare auszureißen,
und insbesondere ganz Kleine
zwickt' er gerne in die Beine.

Von Anfang an war es ihm klar,
dass Waldemar sein Opfer war.
„Wurstl!", rief er, „sei auf der Hut,
so Krummhaxige schmecken mir extra gut!"
Prompt packte den ein Riesenschreck,
er rannte wie von Sinnen weg.

Der Ado folgte ihm bewusst,
allein das Folgen war ihm Lust.
Wenn er ihn weit genug getrieben,
dann war er meistens auch zufrieden.
Dann grinste er in sich hinein:
„Wie gut ist's doch, so bös zu sein!"

Inzwischen aber nach Belieben
beherrschte Waldemar das Fliegen.
Als eines Tages er entdeckte,
dass Ado sich erneut versteckte,
da fühlte er sich ganz verwegen
und ging dem Bösewicht entgegen.
Der traute seinen Augen nicht,
dass dieser Wurstl, dieser Wicht,
die Stirn ihm frech zu bieten schien,
und stürzte grimmig sich auf ihn.

Doch dieser nutzt′, was ihm gegeben,
und war so frei, empor zu schweben.
Der Ado schaute unten dumm,
der Waldemar lachte sich oben krumm.

Waldemar gerät in einen Hinterhalt

Dass alles gut wär' und famos,
das dachte Waldemar sich bloß.
So mancher Dohle, mancher Taube
war nämlich er ein Dorn im Auge.
Sie fühlten sich durch ihn gestört.
Ein Hund, der fliegt? Nein, unerhört!

Schließlich sprachen sie ihn an,
und taten gar recht untertan.
„Ei, werter, wunderschöner Hund,
von dorten von der Wurstkuchl drunt,
könnten Sie's nicht respektieren,
dass hier oben wir regieren?"

Doch Waldemar auf seiner Reise
zog weiter seine luft'gen Kreise.

Die Tauben aber und die Dohlen
erklärten ihm bald unverhohlen,
er hätt' hier oben nichts verloren,
sonst ziehe man ihn an den Ohren.

Er hörte aber nicht auf sie,
hielt sie für dummes Federvieh.

Da hielten sie am Dome Rat,
was nunmehr zu geschehen hat.
Die Dohle Dora sprach für alle:
„Wir locken ihn in eine Falle!
Sonst können wir ihn nicht besiegen,
zu gut beherrscht er schon das Fliegen!"

Nach der alten Dohle Rat
schritt man dann sogleich zur Tat.
Aus der Wurstkuchl ward gestohlen
eine Bratwurst, wie empfohlen,
und auf den Eselsturm gebracht,
damit sie ihm entgegenlacht.

Bald flog herbei der Waldmar –
weil niemand zu erspähen war,
drum dachte er vergnügt bei sich,
sein Anblick wär' so fürchterlich,
dass alle Vögel sich verkröchen,
wenn sie ihn nur von ferne röchen.

Da schwirrten sie aus den Verstecken,
um ihre Krallen nach ihm zu strecken,
sie zogen ihm das Schwänzchen lang,
so dass ihm wurde angst und bang.

Eine flog ihm in den Nacken,
um ihn am linken Ohr zu packen.
Eine gab's ihm auf die Nase!

Vor Schreck verlor er ein paar Gase.
Als er niedersank zu Boden,
hörte er es schrill von oben:
„Dieses sei dir eine Lehre,
komm uns nie mehr in die Quere!"

Unten wieder angekommen,
war er sichtlich mitgenommen.

Wie Waldemar sich rächte

Manche Nacht er drüber schlief,
doch die Schmach saß allzu tief.

Der Franziska er erzählte
eines Tages, was ihn quälte.
„Die verdienen kein Pardon!",
sagte sie in strengem Ton.

Man beschloss, empor zu fliegen
und die Vögel zu bekriegen.

Mit einer Zwistel, rasch gemacht,
zog seine Freundin in die Schlacht,
stopfte Knoblauch aus der Dose
in die Taschen ihrer Hose,
drückte tief sich in die Stirn
einen Hut mit Regenschirm,
band die Zwistel an die Hüfte,
und ab ging es in die Lüfte.

Die Vögel hockten stolz am Dom
und fühlten sich sehr autonom.
Sie putzten grade ihr Gefieder
und war'n sich einig, nie mehr wieder
würde dieser Unhold nah'n,
als sie ihn angeflogen sah'n.

Ihr Gekreische, ihr Gezeter
ließ erschaudern selbst St. Peter.
„Attacke! Angriff! Krallen vor!",
riefen sie sodann im Chor,
und sie kamen angestürmt,
doch Waldemar war gut beschirmt.
Schnell die Zwistel in die Hand,
und den Knoblauch eingespannt!
Franziska zielte voller Lust,
traf die erste auf die Brust.
Pitsch! die zweite, patsch! die dritte,
getroffen war'n sie in der Mitte,
und so ging es munter weiter,
bis die Vögel war'n gescheiter,
nur noch schimpften oder fluchten,
ehe sie das Weite suchten.

Nun fühlt' sich Waldemar als Held,
und stolz war ihm die Brust geschwellt.
„Lass uns 'ne Ehrenrunde drehn!",
gab er Franziska zu verstehn,
indes man unten in der Stadt
sein Knoblauchregenwunder hat.

Freudentänze sie vollführten,
als sie wieder Boden spürten.
Ihm schwindelte dabei nicht wenig,
doch in den Lüften blieb er König.

Dann zogen frohgemut und heiter
die beiden ihres Weges weiter,
erlebten noch so manchen Flug,
jedoch für heute sei's genug!

Zu diesem Buch

Helmut Hoehn

Denk ich so manchmal vor mich hin,
kommt oft ein Hund mir in den Sinn,
der Prinz hieß, bei der Oma wohnte
und meist auf seiner Hütte thronte,
natürlich lag er auch davor
mit grauem Fell und schlappem Ohr.
Er war der König auf dem Hof,
dazu ein Lebensphilosoph.
Auf Hühner, Gänse oder Hase
sah er hinab mit kühler Nase.
Für mich jedoch war er Gefährte,
der mich, als Kind, bis heute lehrte,
was eine Hundefreundschaft ist,
die man im Leben nie vergisst.
Und so, denk ich, weil dies so war,
schrieb ich das Buch vom Waldemar.